ページ論

高橋昭八郎

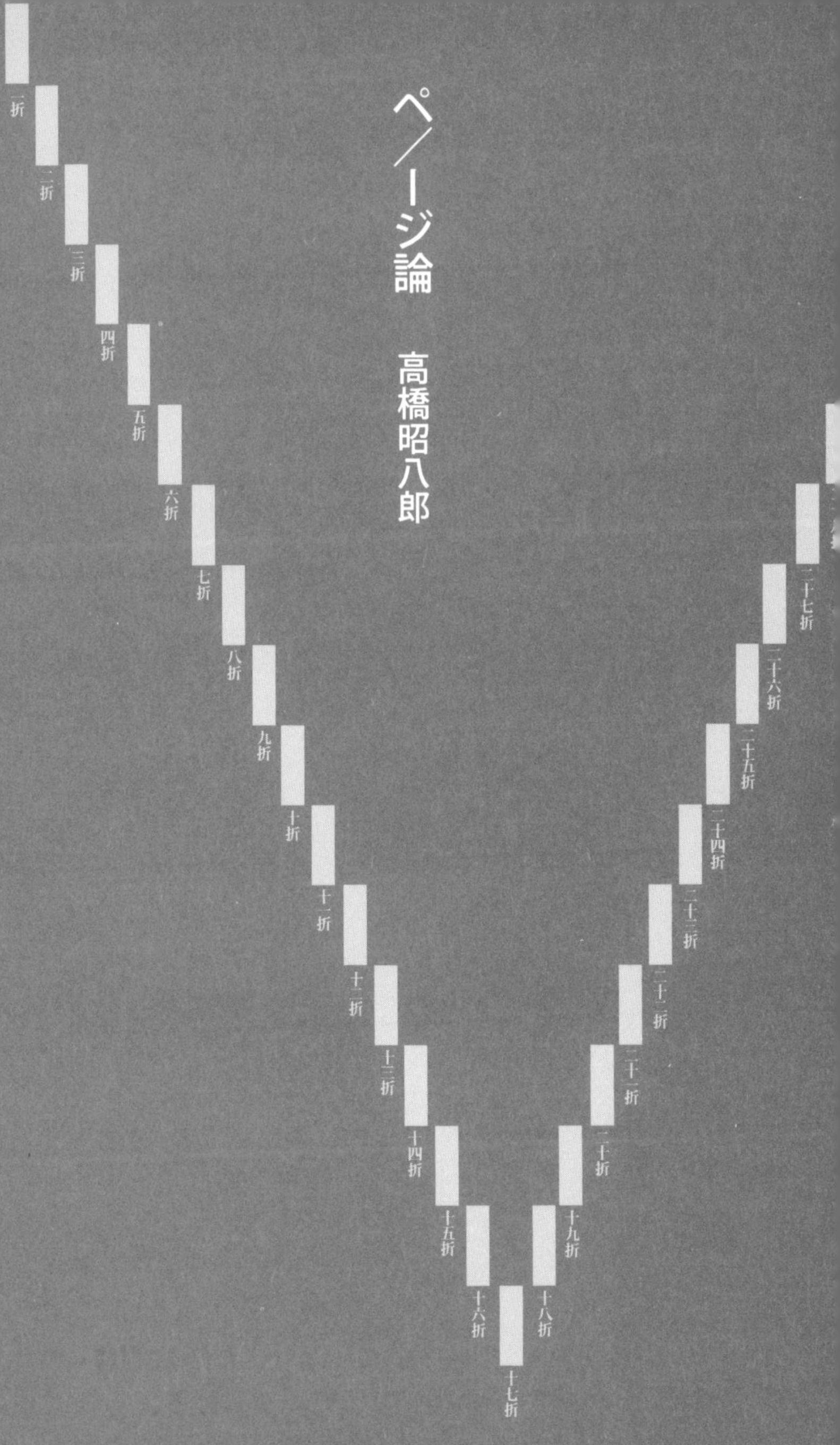

思潮社

ペ／ージ論

高橋昭八郎

思潮社

装幀＝著者

高橋昭八郎詩集

穴の風景

■

これは穴である

これは前ページより、正確には〇・〇一ミリ大きくなった穴である

■

これは、さらに〇・〇一ミリひろがった空っぽの穴である

■

このようにして、穴がしだいにページを繰るにしたがって大きくなり、〈本〉のページを全面食いちぎって空へ出ていくときの、穴の面と最後の一ページの境界線について考える　穴

これは、影である。ページのひろがりに垂直に立つ、見えない直線の。

これは空に浮く、あるひとつの平面の落した影である。

これはしかし、影の上の影である。そのまた影の影…。限りない影の影である。

としても、これは切りさかれた一ページの厚みの、単なる断面である。

０（ゼロ）はニヒルの首飾りさ、と

つぶやいた人の名を

思い出せないでいる

すべての

書を透過しながら

ただよう、宇宙船の破片である

蝶

見つめ（られ）ている一ページ

見つめている一ページ

記憶され（ようとし）ている一ページ

忘れられ（　）
ようとしている一ページ

蝶

蝶

稲妻

このひろがりに　棺であることの、蓋。はすでにひらかれた。

このひろがりに

棺であることの、底。

はすでに見とどけられた。

超類

あらわれ（消え）ていく

超類のようなもの

一億年の青い（虹）一字にして

詩にして

否■をめぐる言羽

〈夷名弩馬〉を走らせて、文字を蹴ちらし、ページを引き裂くこと。

引き裂かれたページから、ふたたび、走らせた〈異七頭魔〉へむかって、

落雷の〈稲妻〉を走らせること。

無（本）二

無限小の・ページ

・

無限大の・ページ

は（な）し

き（かれる）く

泣いている鬼

テーブルの上に
置き忘れられた
ひとつのコップ
あるいは窓から
見えるあの一本
のこぶしの樹が
泣いている鬼の
姿であることに
だれも気づいて
いないガラスの
ようなその不思
議さを真昼の陽
ざしがまたいっ
そう明るくする

見えない螢

…火行／塚

火行という文字を置く
このひろがりにひそむ
塚であることの、形。
はすでにくずれた。

火行という文字を映す
このひろがりにひそむ
塚であることの、虚。
はすでにあばかれた。

火行という文字を記す
このひろがりにひそむ
塚であることの、風。
はすでにながれた。

古塔へ

の階段
雨　と呼ばれる
ひかりの微粒子に見とれながら
水の映す
陰影の
謎に　埋もれていく
かすかな
陽ざしの感触
いまは夢だ　とつぶやいていた
夏の　幼い日
ながれる藻草の　さけび
めざめる　時計の
針となって
樹は
葉を降らせ　空へと
根をはりめぐらしていた

深まる　霧
そのひろがりは
〈死〉へのグラデーションなのか　と
問　答　している
立像の背中　ひび割れた石

百目木

百、目、木、と書く。

ド、メ、キ、という言の葉のしげみにひそんでいる沈黙の、しぶき。その盲目の暗闇をたどる水、によって夢みられた水の、消えていく叫びの形を思うこと。

――と、書かない。

ド、ド、メ、キ、という見えない巨木が空に雨を呼び、鳥のように羽ばたこうと身ぶるいしている。その響鳴音としての、文字表記を任意に選び、刻むこと。

ド、ヨ、メ、キ、ザ、ワ、メ、キ、タ、ギ、リ、タ、ツ、

川と海、秘められた水脈のひろがりが大地の迷路を走りながら、未来の裂け目に向けて立つ木の群れとなって生長しつづけている。その景色を一巻の《本》としてひらき、動、名、記をつづるはじまりの風となること。

録異記・空の目次

ア空　　イ空　　ウ空　　エ空　　オ空
空の黒い空を見あげて笑っている　空腹の
カ空　　キ空　　ク空　　ケ空　　コ空
僧がひとり　食う僧ひとり
サ空　　シ空　　ス空　　セ空　　ソ空
ペリカン便の荷物をかかえて曲がって行くぞう　街角
タ空　　チ空　　ツ空　　テ空　　ト空
早いが勝ち！　日替り仰天市に風が立ち
ナ空　　ニ空　　ヌ空　　ネ空　　ノ空
ちぎれてちぎれて　新聞紙　雪となってふりしきるのだ　乳　般若
ハ空　　ヒ空　　フ空　　ヘ空　　ホ空
塔塔　あの手、この手の　麩猪食う　子食う
マ空　　ミ空　　ム空　　メ空　　モ空

貝食う　銭食う

ヤ空　空　ユ空　空　ヨ空

心のトキメキとどけます　ぎゃあ　手　ぎゃあ　手

ラ空　リ空　ル空　レ空　ロ空

腹　ぎゃあ

ワ空　ヰ空　（　）　ヱ空　ヲ空

手

ン空あ　空い　空う　空え　空お

この人と　あの人と　今週は特に赤ちゃんとママを応援！

空か　空き　空く　空け　空こ

憎は蚊　九つの喙　棒となり

空さ　空し　空す　空せ　空そ

水のページ

わたしのことばの端に

ひらかれている
このひろがりに水があふれている

□

やがて底から
このひろがりの外へもあふれ
ようとしている

□

あふれる水とともに
ひろがりもまたひろがっていく
その先へ

□

先へと水が流れひろがっている
「水が流れひろがりはじめている」と
あなたのことばの橋に

口／語

・□

たとえば　こえ
ひびき　の異字をたどる
响
亯
[illegible]
[illegible]
一語の考古学者

いつからか
流れはじめる川の
痕跡
内へ
外へと　せめぎ合う

管
の　滝の

その仮りの境い目を
裂きつづける
口　おろか
口　石にひらかれて
とざされ

・口口

010　暗　おし
203　啖　くらい
040　唁　とむらい
506　呪　のろい
070　噤　つぐみ
809　哭　なき
010　噩　おどろき

口　ああ
口　さだめし
口開け　口寄せ　口止め
鳥の羽ばたきだけが

きこえている
うわごと
異語の　井戸へ

底しれずの
口を　突く眼がある
あえぐ幽靈
口　やんや
口　砂にとざされて
ひらかれ

窓物語

まど。てんまど、けむりだし。
〔字通〕

私という窓
あなたという窓
――という窓

見えない窓をさがす

とざされた
窓
ひらかれた窓のために
はるかな

一瞬の反射光を記憶せよ

ある日
空のひろがりをこえて
大きくなっていく
窓

風のように眼をつむる

ある日
点よりも小さくなって
いく窓へ

手をふりつづける

輝語目録

自分で消したい
と思う
言葉（文字）を
――墨で消すこと

墨のほかに
別の
色でもよい

――それらの跡を
ある洞窟などに
ひそむ
形として

——見つめること

煙の皮膚／考

煙のかたちの〈本〉をつくること

かたちにならない
形の
ページの
ひろがりを
――見えない記憶のふるえ
影の
フロッタージュとして
ひらく　閉じる　折る
ちぎって
みる
あるいは半ば　ひらかれながら
流れていく　余白
として

煙の闇　煙のけぶり
煙の透体
煙のホチキス
煙の修道院
煙の卵
煙の境目
煙の解剖台

煙の　けむり
煙の
ように見えるもの
芽の　匂いの　霞の　靄の　霧の
毛などの
苦悩の　妄執の　洞を

火葬ノ烟ヨリ転ジテ、死シタルコト　の意味のゆらぎを

わらいながら　さて
煙
の行方を
つついてみるか

煙のかたちの
〈本〉をつくること　かたちにならない
形の　ページの
ひろがりを

て／ふてふて

立ちどまる

くせをつけよう曲がり角に
てふてふが一匹
いや　二匹
あれ？　いま話しかけていたのに
思い出せない　もしもし
ブルーだったかなあ
その暗がりの　先のあたりに　てふてふ
てふてふとつぶやく声に
てふてふが一匹
いや　二匹
あいまいな鳥のつばさが
燃えて
いる
空
船木さんの《回送中と書かれた太陽が
悲しみのように通過する》その

ときである
出します　出てます
出してます
ひとひらひらの　てふてふ
てふてふ
なぁーんだ
探していたのは自分だったのか
一匹
いや　二匹
街から　歌がながれてくる
橋があり　博物館があり
消えていく靴音
病院の廊下のひび割れがある
そして　あの木が
そんなに老木であるとは知らなかった
という眼に

うつる星の闇をかくして
てふてふが一匹
いや　二匹
ひとりの少年が一冊の本を持っている
彼はきのう
それを買った
ああ　さらば故郷よの巻
その横顔に　てふてふ
てふてふが一匹
いや　二匹
学校へ通う　学校へ通った
学校へ通ったのだった
ものだ　のだ　何だ　かんだ
ここから　そこから
あそこから　どこから　てふてふ
てふてふが一匹

いや　二匹
どの理由だかわからないが
たぶん　この理由だろう
どれでも　お好きな花
おとりなさい
どちらでも　お好きな花
おとりなさい
それにしても恋よ　古飛よ
きみの恋人は
どの人？
はるかな　はるか
から
てふてふが一匹
いや　二匹
見えて　いる
かくれて　いる

もしもし　もしもし
くずれた壁はドアでしかない
やぶれたドアは窓でしかない
くだかれた窓は　壁
でしかない
のか
ふいに盲目の突風となって
吹きつけてくるものにおぼれながら
てふてふが一匹
いや　二匹
もしもし
だが　きみは歩くことができる
走りだすことができる
行くことが
できる　ブルーだったかなぁ
その暗がりの　先のあたりに　てふてふ

てふてふとつぶやく声に
てふてふが一匹
一〇〇二匹
いや　二匹

あるか／のダブルだれ

荒れるか

荒れる
鹿
――と書いて　あるか
あるか
い・ぶ・せ・く・も
ポパポパポーッと　ぱぁーっと
あるか　が行く
あるか　がはねる
あるかのパーレン
あるかが鳴いている
その方向へ直線が細くなり　いきなり曲がってしまい
消えていて
しゃべっていて
スカイブルーで　波ダッシュ

なめくじの風　ハイフンとなり
ストップで
ゴーで
雨が遠くを走っていて
ひらがながえし　カタカナ
がえしに
銀いろのスプウンが飛んでいて
落としちゃうよ　また
お皿
すっとんきょうに
ああ　馬声の　い　蜂音の　ぶ
石花の　せ　蜘蛛の　くも
あるかが鳴いているのか
あるか　が行く
あるか　がはねる
あるかの二重パーレン

あるか　がころぶ
おしゃべりの　中黒　エリプシス　…
ピリオド　コンマ　でもある
カンマ　コロン
セミコロン
ひっかけ　太かぎ　二重かぎ
同じくチョンチョン
だから　だからと
失礼しまぁすで
ヨーグルトドリンクで
まりちゃん見せて　ちょっと　ハイ帽子かぶって
はやく　ほら　いけないよで
ぐるぐると太まる　二重　三重まる
黒まる　蛇の目　とっとっと
ブルケイの見えない
空から

雨だれ　だぁ
雨だれ　だぁ　が
二つ雨だれになり
あるかのうるんだ目をぬらし
荒鹿
で　あるか
否か
の耳だれになり
ポパポパポーッと　ぱぁーっと
鳴いている　あるか
の斜め二つ耳だれになって

彫像のように
ダブルだれになって

鶏は鳴き／人は亡く

あ　ア・a…朝のはじめの香
気
来鶏こう
く・け・こう　ケコウ　こ・け・こ・っ・こ・う
秋の陽ざしのかけらに打たれて　また一人
死んだというのに
鶏は鳴き
コ粉・ク鳩・ア足・
ヅ豆・ウ烏・ヅ頭・ウ羽・ル流・ヅ弩・ウ雲と
たなびいていく
somekindofblue　の空よ
アルベルト・ジャコメッティの犬
の散歩は片側交互通行
黄金色の大地に
そのとき　すでに人は亡く
朝出して夕方仕上り

わずか一八〇円に鶏は鳴き
こんな日でも葬儀から墓石まで
あったか～い弁当に人は亡く
やきとりとっちゃん
不審な行動　家出人　身元調査の秘密探偵に鶏は鳴き
くうねるあそぶ
ホキ１７１３確認実行　列車も旅人が好きですに人は亡く
やがてモクセイの花咲く駅に鶏は鳴き
穴
　口
　　音
あの声が入り口だに人は亡く
「浮き立つ雲の行方をや
　風の心地を尋ねけん」　鶏は鳴き
なくなけなくなかないなかなかない
なくべし　なくか

はるかなるかの国へと　とび立つ言羽に人は亡く
阿ノ段　以ノ段　宇ノ段　衣ノ段　於ノ段をからめて鶏は鳴き
書ヲぞ読む　書ヲや読む　何ヲか読む
花ぞ落つる　花や落つる　孰レか落つる
なり　なる　なれ　に人は亡く
あそびにおいでよ年中無休　ハローハローダイヤルモリオカに鶏は
　鳴き
たくさん実ったって phone とだねに人は亡く
禁煙／急停車にご注意ください
お降りのときの運賃　10円単位に表示　開運橋１６０円
幸運よりラッキーのほうが好きですに鶏は鳴き鳴き
元気がなにより、ですね
手相人相　易占い
安全は次のバスまで待つゆとりに人は亡く
時代は建築に息づいているか
選べる夢の中古車３００台　どうもご苦労さんどうもに鶏は鳴き

11時までのブレックファーストにもまた鶏は鳴き
横断禁止　わたるなに人は亡く
小さな文字が読みにくい　かすみ目
生理が重くてつらい方
おたがい人権を尊重しましょうに鶏は鳴き
しあわせハーモニイを奏でる BANK
手や眼の不自由な方のために優先席がございますに人は亡く
ああ　紅花の店のオデッセイに鶏は鳴き
無蓋貨車のテントのひだ
覆われているものと覆っているものの境界の皺を見つめている人は
　すでに亡く
落葉が土と化す　そのときを定める最後のさけびのために鶏は鳴き
個人情報売買の店に人は亡く
実りの道です　ハートには羽根があるに鶏は鳴き
マリアは…を見る
私は　きみを　彼・それを

彼女・あなた・それを　われわれを　彼ら・あなたがた・それらを
彼女ら・あなたがた・それらを　自分自身を　に人は亡く
あの白い建物はなんだろう
道に迷ったらしいのですに鶏は鳴き鶏は鳴くか
「鶏鳴く声す　夢さませ」
あ　ア・a…あ・り　あ・る　あ・れ　あ・ら　あ・り　あ・れ
れ　朝のはじめの香
気
群鶏こう
く・け・こう　ケコウ　こ・け・こ・っ・こ・う
わたしは食べた　わたしは一個のりんごを食べたか
わたしは食事をした
わたしは反省した
秋の陽ざしのかけらに打たれて
考えようとして　ついに（　　）えないもの・ことにむかって
鶏は鳴き

とめどなく
しゃべろうとして
ついに（　　　　　）えないもの・ことに人は
人は亡く

朝日さし／夕陽

名づけようのないハチュー類の記憶に眼ざめながら
深い眠りに入っていく
穴のあたりに
ああ　朝日さし
とろける　鏡のかけらの
淡いひろがりに夕陽かがやき
川がながれ
脳のかたちに熟れていく時のひびきに
朝日さし
突如　棒のごとくにこだましてくるもの
ちゃ　ちゅ　ちょ　にゃ　にゅ　にょ
みゃ　みゅ　みょ　りゃ
りゅ　りょ
飛び立つ　だんぶり
透きとおる羽根のひとひら
ひとひら　ひとひらに夕陽かがやき

I am young, I am young
霧の森から
街の　まぼろし
あらわれてくる霊柩車の影
聞こえてこない叫びの　現在進行形に
朝日さし
Yes or No, の乾いた一本道は
砂となって　消えながら　崩れながら
お　夕陽かがやき
あれ　これ　それ　いまそ・かれ
ゆ・け　お・せ　わか・て
と・べ　よ・め
され
謎の黙劇を
踊りくるう裸の人かげが
空は　木の葉で埋めつくされて

いる沼
と　唖の身ぶりで指さして
いる　その先に
朝日さし
遠い雨脚が　見え
かくれして
ほぐれていく風のフィルムが
ゆっくりと感光する
夕陽かがやき
胎児のまなざしが　管のように曲がる
景色の　穴のあたりに
ふたたび川がながれ　まぶしすぎる
満月の呪符にむかって　朝日さし
鉱物質の匂いにみち

朝／日さ

し

＊だんぶり——とんぼ。岩手県北・安代町周辺で言う。

雨がふり／に雨がふり

雨がふり危険飛び乗り飛び降りはおやめくださいに雨がふり
65歳からの素晴らしい日本の旅ジパング倶楽部会員募集中に雨がふり
NO SMOKING 朝７：00―９：00　夕16：00―18：00 に雨がふり
オロ 12847 に雨がふり
わかんない！に雨がふり
それぞれの東京それぞれの夢
琵琶湖夢街道に雨雨雨がふり
16Ａ窓側 WINDOW に雨がふり
高校新英語基礎暗唱文例集に雨がふり
56分とかせめて55分に雨がふり
頭痛う生理痛ケロリンに雨がふり
せんぼくちょう５３５　５３４佐藤酒店に雨がふり
消化器→に雨がふり
あまりふってないなあ
傘がなくても大丈夫じゃない？に雨がふり

あドラムカン5個だに雨がふり
ふってるね傘さしてるもんに雨がふり
どっかへ行ってきたあ？に雨がふり
オハ 50229 に雨がふり
笑顔なら負けないめざせ一番店に雨がふり
石鳥谷の石に雨がふり
乗車券をお持ちでない方に雨がふり
トータルでは
そういうことですに雨がふり
自分ともう一人しかいないに雨がふり
そのためにいぐのだべじゃあに雨がふり
きょうの仕事の第一番目に雨がふり
坂あがってこれやって
あれぇ忘れてしまったなあに雨がふり
大混雑で運転手はわがねと言ったに雨がふり
へるごどはねがべがらね花巻灘の清酒富貴に雨がふり

盛岡青森方面に雨がふり
はっはっはあに雨があふり
雨がふったどぎも見ていねばに雨がふり
どうですかなかはワヤワヤワヤワヤに雨がふり
安全＋第一に雨がふり
読まない見せない売らない三ない運動に雨がふり
天ぷらそばうどん
月見そばうどん生そばうどんに雨がふり
さけうめおにぎり１００円純パイワンカップチュウハイレモンに雨
　がふり
フルムーンきみしかいないに雨がふり
PUSHみんなで日本語を美しくに雨がふり
５日間６５，０００円が人気ですに雨がふり
死後さばきにあうに雨がふり
その一本断わる勇気に雨がふり
少年に見せたくない雑誌などは家庭や職場などに持ちこまないで

この白ポストに入れて下さいに雨がふり
いま畳一畳…に雨がふり
16Ｂ通路側 AISLE に雨がふり
夫婦で息の合った装いに雨がふり
せっとう男の失火と断定に雨がふり
あのところでさに雨がふり
わたしもコンテナ
守ります大切な貨物に雨がふりに雨がふり

風が立ち／風が立つ

雨が言う　久しい母と書いて　くも
その仮是　そのかぜ　そのひろがりに風が立ち
なぜ？　なぜかな　なぜだろうなぜかしらに
風が立つ
ああ　東北縦貫高速道　すべるかも　とび出るかも　急に曲がるか
　もに風が立ち
みんなで励行　かも運転に風が立つ
雪ひとひら　雲ひとひら　とおい記憶の底に
風が立ち
風だ　風の三郎さぁーんに風が立つ
「フタリノサチ　カガヤイテ　ハル三月
オメデトウゴザイマス」に風が立ち
燃えるもの　燃えない物　いざというときお客さまに風が立つ
横風注意　そうかそうかぁに風が立ち
長い下り坂　速度注意に風が立つ
急な下り坂　速度注意に風が立ち

あれ？　形あるかに見えて風に溶けた名まえに風が立つ
ん　八本の足　クモは私の視線を感じているに風が立ち
シートベルト着けよに風が立つ
では一個　いや二個　粗製ニセ物あり
森永のミルクキャラメルと言うて御求め下さいに風が立ち
滋養豊富　風味絶佳　大型車は左によれに風が立つ
ややや　こんな遠くまで
my heart my song に風が立ち
香ぞ好き　香や好き　何レか好き　香こそ好けれに風が立つ
声ぞ高き　声や高き　何レか高き　声こそ高けれに風が立ち
だから言ったじゃない　その動物園には
ざ・り　ざ・る　ざ・れ　ば　ざ・ら　ば
ざ・り　ざ・れ　ま・し　ま・し　ま・しか　ば
見ルぞ楽しき　見るや楽しき
何レか楽しき　見るこそ楽しけれに風が立つ
ありがとう安全運転に風が立ち

半濁音　波行　ぱ・ぴ・ぷ・ぺ・ぽ　に風が立つ
ことのついでに鼻声　促声　拗音に風が立ち
二億年むかしの哺乳類　と・ぶ　と・ぶ　と・べ
と・べ・ば　と・ば・ば　と・ぶ　と・べ
ひゃ　ひュ　ひョ　に風が立つ
いま　橋をわたるのだに風が立ち
景色の変り目裂け目に言葉をかざる意識の復権に風が立つ
逃げてるな　この人に風が立ち
スリッパの群れが　わが横たわる肉体を見つめているに風が立つ
それにしても眼鏡の様子　五年前のことはよくわからないに風が立ち
星たちもしゃべっているかなぁに風が立つ
左によれ　速度落せ　左によれに風が立ち
風が立ち
すぐだ　やがて
たまたま　まだ　しばらくに風が立つ

風が立ち　風が
立つ

迷イ／舞イタチ

死スル
瞬時スル
至急ニ子宮へ　死デハナイ
始　球セヨ
地球ヨ　エエイ
カッポレノ風ニ迷イ　舞イタチ
急ガナクテモ　速イ道ニハ
モシモシモシモシ
モシモシスル　モシ龍ガ　ヒソンデイルニチガイナイ
大型トラックノ一目散ノ背中カラ
羽スル　跡スル
突然スル
黄色イテントガ迷イ　舞イタチ
バサリ！　ト　落チテ
叫ビヲ刻ム水ノ炎トナッテ消エタノデアル
岩ヲサイテ川ハ

ハゲシク流レハジメル壁トナリ
伝説ノ山ノ暗ガリカラ　アフレテクル
ソレデハ　オシマイカ
シューマイカ　ソレトモ
アレカ　コレカ　ヲ超エテ　アレ
モ　コレモノ森ニサマヨイ
迷イ　舞イタチ
腐蝕スル　水晶スル
泥スル　空
スル
ソノハテニ　ボンヤリト明ルク
輪マワシヲシテイル
少女ノ影
ガ　イキナリ
盲目ノ魚ノ　化石トナッテ　砕ケテシマウ
シダ類ノ　密生スル

笑イ
落葉シタ　巨木ノ皮　虫　貝殻
シタ　ソレラノ
渦
ヲマダラニ染メナガラ
遠ク　白髪スル
三億年ノ　雨ノ匂イニカクレ
迷イ　舞イタツ
始祖鳥ノ
イマハ　不透明ニ鳴ク声ガスル

木馬は目ざめて／めぐり

だんだらの　時の日ざしにさらされて
首をもたげながら　目ざめる　目ざめて木馬は跳び
まぶしすぎる闇の喉を　うるおすように
めぐりはじめる水の輪の　流れにさからって木馬はめぐり
舌　舌舌　舌舌舌舌舌　舌舌舌舌舌舌舌　（火だ）（■《し》だ）　舌舌舌
　（羊歯）
州だ　蛇が鳴いているひかりの茂みへ　木馬は跳び
森の　木の葉のウロコをひるがえし
環境保護地区　蛇ノ島地区　指定番号第一号へと　木馬はめぐり
ああ　夏へ　埋もれたサニーランドへ　木馬は跳び
雨が細くまがって消えた
風の化石が　こぼれてきたような気がする方向へ　木馬はめぐり
東北一のスケートリンク　マンモスプールの伝説だぁへ　木馬は跳
び
くるくるくる　めぐるコーヒーカップもあったなぁ　木馬はくるく
るめぐり

万国旗ちぎれて　国の名わすれた　草の名わすれた　木の名わすれ
た
花の名わすれた　木馬は跳び
蟻のむらがる　じゃがいも畑を　ごろごろ鳴らして木馬はめぐり
オウムですかな　トーテムポール
とうもろこし　トマト　朝顔の花　木馬は跳び
今日は　こんにちは　怪しい者ではありません　藤沢さんですかぁ
祠をおがませてください　あはは　木馬はめぐり
写真も撮ってえがすかなと　鳥居のところへ木馬は跳び
やがて　枝　のようなものがひろがっていく　空のカーテンを開け
て
木馬はめぐり
まるで銀幕の国だ　ふいに出現する白い洋館　窓は　鏡の魔方陣で
す
沈黙の毒ガスをあびて　木馬は跳び
蔦にからまれて腐っていく　トラック　トラクター　オートバイ

解体部品　鉄材の身ぶるいといっしょに　木馬はめぐり
お　いつの間にか　犬がいる犬が　犬がいる犬が
犬が　にあわてて　木馬は跳び
吠える彫刻　…　一　二　三　四　五　六　七　八　九　…　百五
　十　六と
合図しながら　木馬はめぐり
うわぁ　伊藤さん　きのこ採りの大好きな
ここは盛岡蛇ノ島愛犬繁殖所だったんだ　木馬は跳び
土中にもぐるすべり台を　するするするする　盲目のまなざし
溶けていくセミとなって木馬はめぐり
や　いのしし　や　たぬき　や　きつね　木馬は跳んで跳んで跳び
やっぱり　腐っていく　二階建て洋館
木造建築物にトイレットがない　なぜかの話の環を　木馬はめぐり
犬のスポーツセンター　病院でもありますね　赤トンボとなって木
　馬は跳び
透きとおる羽根の　磁石のアスピリンをふりまいて木馬はめぐり

ぶどうの熟れる匂いに　木馬は跳び　りんごもあったぁ　あかざ
　しその実
これらを見逃がすテはないぞ　レーザー光線　木馬はめぐり
四角の檻とプロペラの向こう　岸の笹やぶへつづく道
とぎれた鎖の　記憶の岩を　木馬は跳び
いっせいに石の卵らが孵化していくと見えて　木馬はめぐり
舌　舌舌　舌舌舌舌舌　舌舌舌舌舌舌舌　（襞）（■《し》だ）　舌舌舌
（羊歯）
めぐりはじめる水の輪の　蠟よりも重くなる流れにさからって　木
　馬は跳び
だんだらの　時の日ざしにさらされて
木馬は目ざめてめぐり　木馬は跳び

消して／みる

ようこそ
感動はさめないうちに
よしや　たとひ　もし　と書く　消してみる
実と虚の　よも　まさか　けだし
恐らく　さぞ　あるいは　と書く　消してみる
あんまりだらしがないなあ
なにとぞ　どうか　どうぞ　是非　と書く　消してみる
ほら　ノートがある　ほら　机がある
あに　いづくんぞ　いかで　と書く　消してみる
かみなりが鳴り　いなびかりがすると
決して　をさをさ　絶えて　断じて
ゆめゆめ　さらさら　と書く　消してみる
あるときは　地球上のもっとも
高いところで　もちろん　必ず　と書く　消してみる
本を読む　字を書く
英語で「勉強することは必要だ」

ない　ぬ　う　と書く　消してみる
た　た　ます　らしい　そうだ　と書く　消してみる
のように朝がくる　おれ
まちがっちゃった
ら　ら　しょうがないわ
のように夜がきた　とでも書くか　消してみる
手　のように　風が吹き
書いたものを届けるを郵便（言う便）とはこれ如何に　と書くな
　り　消してみる
ああ　おい　はい　やあ
死ぬ　蹴る　声を出して発音しましょう　と書く　消してみる
1＋2＋3…
壁にきざまれた小鳥たちのために
意母としるして思う
おもう　と書く　消してみる
お　枯木と見えしに

花咲く春か
なにもかも赤インクで書かれています　と書く　消してみる
それにしても
星のながれていく先に
透きとおっていて　あるものがあるようだ　とも書く　消してみる
　みる
わたくしに　きみに
彼に　彼女・あなたに
われわれに　きみたちに　彼ら・彼女ら
あなたがたに　自分自身に
ん?
これは遺書である　と書く　消してみる
消してみる　と書く　消して

跡／地

化石化した文字の翅が
こぼれてくる
青空の跡
地としてのページをひらく
虹ではない
乾いていく水のながれを
見とどける

たとえば
文字の草むらにひそむ
（井戸）
へ梯子をかけて降りていく
マンダラの砂となって
星のふる
見えない雨を感じる

墜落した（犬）が
そこでは仮死状態のまま
眼ざめる
ときを待っている
のかも
しれないのだ
った

青空の跡
地としての憶をひらいて
ページのなかを
ふいに　近づいてくる
雷鳴がある
透きとおる石の
笛をひろってみたりする

々／々

（）々

々　々々　々々々　々々々々　々々々々々　々々々々々々々々々

々々々々々々々々々々々々々々々々
々々々々々々々々々々々々々々々
々々々々々々々々々々々々々々々々
々々々々々々々々々々々々々々々々
々々々々々々々々々々々々々々々
々々々々々々々々々々　々々々々々
々々々々々々々々々　々　々々々々
々々々々々々々々　々々々　々々々
々々々々々々々　々々々々々　々
　々々々々々　々々々々々々々　々
々々々々々　々々々々々々々々々
々々々々　々々々々々々々々々　々
々々々　々々々々々々々々々　々々
々々　々　々々々々々々々　々々
々　々々々　々々々々々　々々々々
　々々々々　　々々々　々々々々々
々々々々々々　　々　々々々々々々
々々々々々々々々　々々々々々々々
々々々々々々々々々　々々々々々々
々々々々々々々々々々　々々々々
　々々々々々々々々々々　々々々々
々々々々々々々々々々々々々々々々
々々々々々々々々々々々々々々々々
々々々々々々々々々々々々々々々々
　々々々々々々々々々々々々々々々
々々々々々々々々々々々々々々々々
々々々々々々々々々々々々々々々々
　々々々々々々々々々々々々々々々
々々々々々々々々々々々々々々々々

々（）

云／々

・々

くりかえし
くりかえされて　おどり
人々から　人が消え
花　もなく　神　もない　々
数々の　数も見えない
日々　日はすでに
刻々と過ぎて
々　だけが　々々々と
生きながらえて　首もない

・々々

どこへ　消えた
佛々　祖々の　わが佛よ　祖よ
面々　各々　また相同じ　面よ　わが面面よ
白々しい　種々
等々
もまた　形なく
うん　ぬん
云は　雲散し
々　ひかり　やがて　空のひろがりをかくす
イナゴの群れ

・々々々

おくり　かさね　おどり
たたみ　と呼ばれ
おくられ　かさねられ
おどらされて　かすかに狂い
ふたたび　たたまれて　あらわれる影は
名のように　ではなく
その名のように　々
見知らぬ形の　ひび割れて浮かぶ
雨　となる稲妻を　くりかえし
くりかえされて　くりかえし

水のフロッタージュ

（溶暗）へ波立つ岸の

波

（溶明）へ波立つ岸の

橋、

が流れる

川の脚、

が立ちあがる

ズ

ズ

キズ

ズ

ヘコ

ミ

ミ

サビ

カラ　カラ　氷ノ塊ト

カラ　カラ　氷ノ魂ト

ズ　ズ　ズ

キ

ペ／ージ論　2

ミ

ミ

ミ

シ

シミ

ル

ミル

ミ

ミ

シ

シ

（）ミ

凍

シ

ミ

〔／〕大空の根・大地の枝

eternally reaching down

endlessly extending above

1

文／字のミイラ

ひ

ひら

ひらかれ

ひらかれる　殻

走り去る
闖入者ノ影

蛇

□

□

口

日／記

―

―

／

｜

「

」

｜

＼

＼

｜

＼

＼

＼

＼

（流視計の赤玉がいったん上がって

落ちるのを

確認

一

月の散／乱

／

□／

／　／□

／

|| || || || || || || || || || || || || || || ||

|| || || || || || || || || || || || || || || ||

|| || || || || || || || || || || || || || / ||

|| || || || || || || || || || || || || || || ||

/ || || || || || || || || || || || || || || ||

|| || || || || || || || || || || || || || || ||

|| || || || || || || || || || || || || || || ||

|| || || || || || || || || || || || || || || ||

|| || || || || || || / || || || || || || || ||

土土土土土土土土亀土土土土土土土土

「」

秘めたる音に・・

空空空空空空空空亀空空空空空空空空

（　）

円　　円

円　　円

円

円　円

円　　　円

円

円　　　円

円　円

円　円

円　円

円　円

詩のトーテム・ポール

■■■■■■■■■■■■■■■■■■■■■■■■■■■■■

■■■■■■■■■■■■■■■■■■■■■■■■■■■■■
■■■■■■■■■■■■■■■■■■■■■■■■■■■■■

[redacted]

[redacted]

■■■■■■■■■■■■■■■■■■■■■■■■■■■■■

■■■■■■■■■■■■■■■■■■■■■■■■■■■■■
■■■■■■■■■■■■■■■■■■■■■■■■■■■■■

■■■■■■■■■■■■■■■■■■■■■■■■■■■■■

潜在図形説

フロッタージュ（プロ＝グラム

ひとつの
白の
点　（ひとつの
白の
点　として写しとること

・

ひとつの
黒の
線　（ひとつの
黒の
線　として移しとること

・

ひとつの
音の
形　（ひとつの
音の
形　として映しとること

・

ひとつの
文字
の　（文字の
ひとつの
跡　としてうつしとること

・

消し
ながら　（消え
そして
ふたたび

眠りの罠の

夢　いめ

石　にし

見　みゆる

〈水〉の射目！

美頭が石に砕ける

異眼を見た
夷面を見る

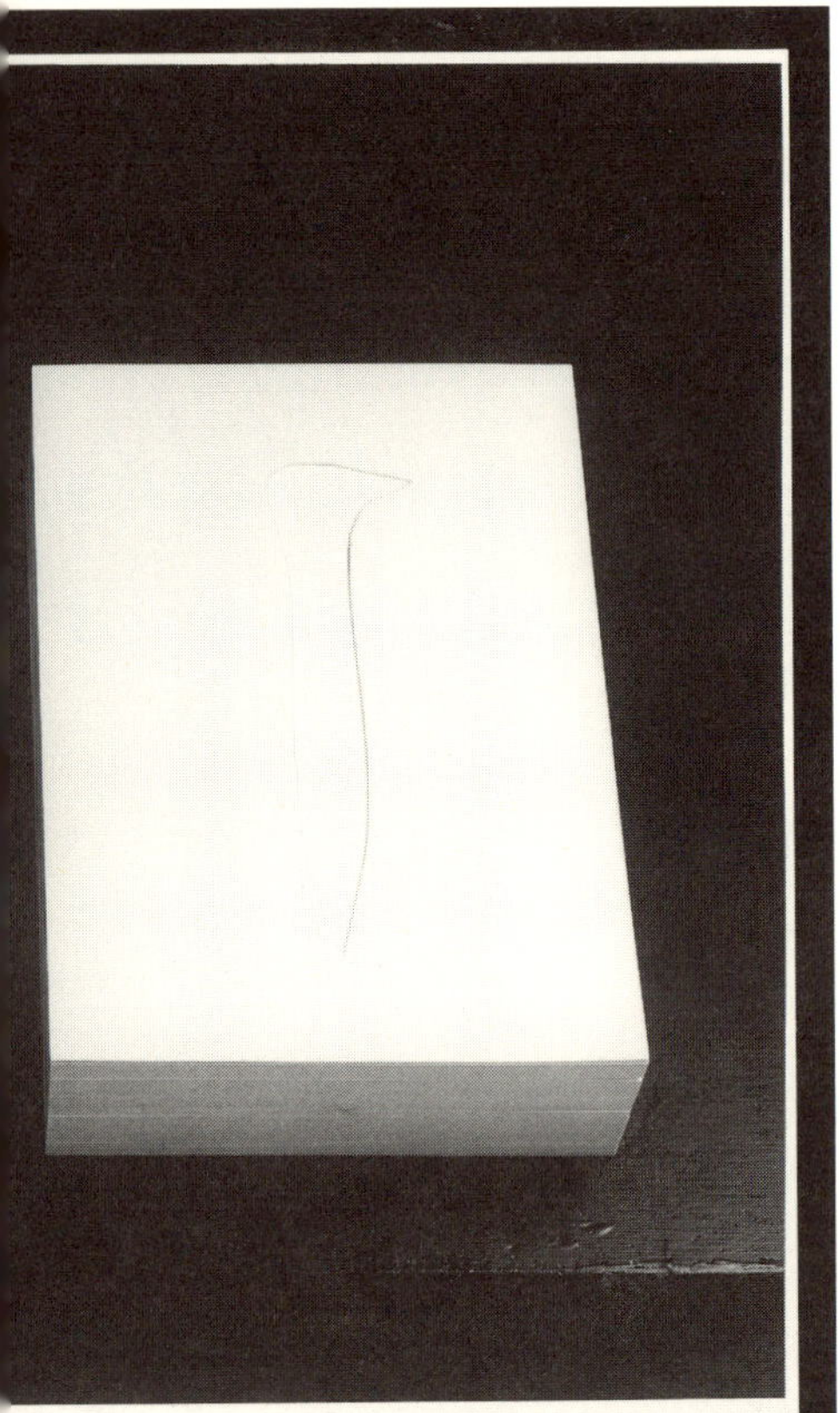

水の引用

——あるいは、水のページ

消え（あらわれ）ていく

影だけが

どうやら　亀と呼ばれる
（　）盲目の
生きものの　形　に似ている

星よりも明るく　すでに

見え（る）ない

雨の／点字表

・　これは
跡である　ページのひろがりを
つらぬいて
消えた　雨の

・　これは
見えない穴である　雨の跡をわたる
風が映した
一瞬の　星のかけらの

・これは
眼である　はるかな真昼のページのひび割れに
きざまれた　謎の

・これは
叫びの落した影である　羽ばたいて
いった　文字の小鳥たちの

把手（とじる）

扉のひろがりにある透明な正方形に、内接している円。
が、しだいにその正方形へと一致するために動いていく。

山、

口ヨリ出《イ》ズ
荘子

扉のひろがりにある透明な立方体に、内接している球体。
が、しだいにその立方体へと一致するために動きはじめる。

把手（ひらく）

語卵

消えようとしている一ページ

ひらかれようとしている一ページ

ある日　奥付はすでになかった

目次・初出一覧

6	穴の風景	「gui」1号　一九七九年三月
12	雨のフロッタージュ	「gui」12号　一九八三年六月
14	青の／反射光	「gui」55号　一九九八年十二月
18	蝶	「gui」4号　一九八〇年三月
24	稲妻	「gui」11号　一九八二年十二月
26	超類	同右
28	否■をめぐる言羽	「gui」7号　一九八一年六月
30	無（本）二	同右
32	は（な）し	同右
34	泣いている鬼	「百鬼」15号　一九八九年四月
36	見えない螢　…火行／塚	『岩手　火の詩集』　一九八五年十一月
40	古塔へ	「百鬼」21号　一九九七年十一月
42	百目木	『岩手地名詩集』　一九八三年三月
44	録異記・空の目次	『岩手　空詩集』　一九八八年三月
46	水のページ	「gui」14号　一九八四年三月
48	口／語	「gui」47号　一九九六年四月
52	窓物語	「gui」53号　一九九八年四月
56	輝語目録	「gui」5号　一九八〇年八月

58	煙の皮膚／考	「gui」42号　一九九四年七月
62	て／ふてふて	「gui」27号　一九八九年三月
70	あるか／のダブルだれ	「gui」30号　一九九〇年三月
74	鶏は鳴き／人は亡く	「gui」26号　一九八八年十二月
82	朝日さし／夕陽	「gui」36号　一九九二年八月
86	雨がふり／に雨がふり	「gui」22号　一九八七年三月
90	風が立ち／風が立つ	「TRAP」9号　一九八八年七月
94	迷イ／舞イタチ	国民文化祭いわて'93開催記念作品集『縄文の愛』
98	木馬は目ざめて／めぐり	同右
102	消して／みる	「陽謡」11号　一九八八年十二月
108	跡／地	「gui」40号　一九九三年十一月
110	々／々	「gui」43号　一九九四年十一月
114	云／々	「gui」46号　一九九五年十一月
120	水のフロッタージュ	「gui」50号　一九九七年四月
124	ぺ／ージ論	「gui」68号　二〇〇三年四月
128	ぺ／ージ論　2	「gui」69号　二〇〇三年八月
132	〔／〕大空の根・大地の枝	「gui」57号　一九九九年八月

136	文／字のミイラ	「gui」61号　二〇〇〇年十二月
140	走り去る闖入者ノ影	「gui」3号　一九七九年十二月
144	日／記	「gui」58号　一九九九年十二月
148	月の散／乱	「gui」54号　一九九八年八月
152	秘めたる音に・	「gui」15号　一九八四年八月
154	秘めたる音に・・	「gui」15号　一九八四年八月
158	まるい四角	「gui」10号　一九八二年六月
162	詩のトーテム・ポール	「gui」48号　一九九六年八月
166	潜在図形説　フロッタージュ（プロ=グラム	「TRAP」3号　一九八三年十二月
170	目語	「gui」8号　一九八一年十一月
172	言葉と物体	「今日のコンクリート・ポエトリィ展」芸術生活画廊　一九七〇年三月
174	水の引用――あるいは、水のページ	『岩手水詩集』一九八四年三月
178	雨の点字表	「百鬼」23号（未刊）
180	闇のバルーン	「gui」49号　一九九六年十二月
184	〈空〉の景	「gui」9号　一九八二年三月
192	flying pages	「gui」52号　一九九七年十二月

あとがき

『ペ／ージ論』としてまとめられた、この一冊は同人誌「gui」（東京）に発表した作品を主としている。その他の幾つかは岩手県詩人クラブの編集・発行によるアンソロジー、詩誌「百鬼」「陽謡」（盛岡）、「TRAP」（伊東）などに拠っている。

一九五七年に、ぼくはＶＯＵに参加し、活動の拠点としていたが、北園克衛の他界によって七八年にクラブは解散。その翌年に、藤富保男、奥成達、山口謙二郎さん達の呼びかけで発足した「gui」創刊時からの会員となった。同誌は85号を数えながら、現在も進行中である。

ぼくは勝手にページ・イベントなどと呼んでいるこれらの〝出来事〟を、画廊、その他の会場、野外などでひとつのパフォーマンスとしても発表しつづけてきたのであった。この一連の展開を、《本》という構成体として形を整えてくれたのは、先きの『第一語の暗箱』と同じく金澤一志さんである。

思潮社編集部の三木昌子さんにもお世話になった。読者のみなさまへもふくめて、深く感謝いたします。

高橋昭八郎

二〇〇九年　新春

高橋昭八郎（たかはし・しょうはちろう）

一九三三年　北上市生まれ
一九五七年―七八年　ＶＯＵクラブ員
一九七九年―　「gui」会員

作品集

ポエムアニメーション１＝鳥（一九六八）
ポエムアニメーション２＝風（一九六八）
ポエムアニメーション３＝影（一九六八）
ポエムアニメーション４＝水の国・火の国（一九六九）
ポエムアニメーション５＝あ・いの国（一九七二）
第一語の暗箱（二〇〇四）